# The Dog Who Loved Tortillas
A Little Diego book

# La perrita que le encantaban las tortillas
Un libro de Dieguito

# The Dog Who Loved Tortillas
A Little Diego book

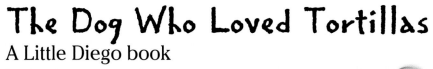

## La perrita que le encantaban las tortillas
Un libro de Dieguito

Benjamin Alire Sáenz
illustrations by Geronimo Garcia

Cinco Puntos Press . El Paso Texas

One Saturday morning, Little Diego's big sister Gabriela looked out her window and saw a man singing to himself as he walked his dog. *People who had dogs were always happy. They smiled more than regular people.* She wondered what it would be like to have her own dog. A girl dog, that's what she wanted. A girl puppy that would be all hers.

Just about the same time Gabriela was thinking about a girl dog, Little Diego was playing catch at Memorial Park with his friend, Manny. As they were throwing the baseball back and forth, Diego noticed that a dog was sitting there watching them.

"Do you think he bites?" Little Diego asked.

"I don't know," Manny said. "Some dogs are mean." Manny stuck his hands out like they were claws. "GRRRRRRR," he said.

"GRRRRRRR," Little Diego said. He looked at the dog, so calm and peaceful. He didn't look mean, not mean at all.

U n sábado en la mañana, la hermana mayor de Dieguito, Gabriela, miró por la ventana a un hombre que cantaba a la vez que caminaba con su perro. "Personas que tienen perros siempre están felices. Sonríen más que los demás". Ella se preguntó cómo sería tener su propio perro. Quería una perrita. Una cachorrita que fuera completamente suya.

Casi al mismo tiempo que Gabriela pensaba en una perrita, Dieguito estaba jugando pelota en el Memorial Park con su amigo Manny. Mientras lanzaban la pelota de beisbol de un lugar a otro, Diego se dio cuenta que un perro los observaba.

—¿Crees que muerda? —preguntó Dieguito.

—No sé —dijo Manny—. Algunos perros son malos.

Manny mostró sus manos como si fueran garras. —GRRRRRRR —dijo.

—GRRRRRRR —dijo Dieguito. Miró que el perro se veía tranquilo y en paz. No se veía malo, nada malo.

Just then, a woman walked up to the dog and put a leash on him. "He got away from me. I hope he didn't scare you."

"No," Little Diego said. "What's his name?"

"Pinto," the lady said. "He's very gentle."

"Can we pet him?" Little Diego asked.

"Sure," the woman said.

Little Diego petted the dog, then reached over and hugged him. The dog licked Little Diego right in the face and made him laugh. He wished Pinto was his. But he knew the lady would never give him away. When you loved a dog, you didn't give him away, because a dog wasn't like a toy or a glove or a baseball bat. And then, all of a sudden, an idea came into his head.

"I have to go," Little Diego said. "I have to go home, now."

Justo en ese momento, una mujer se acercó al perro y le puso un collar. —Se me escapó, espero que no los haya asustado.

—No —dijo Dieguito—. ¿Cómo se llama?

—Pinto —dijo la señora—. Es muy manzito.

—¿Podemos acariciarlo? —preguntó Dieguito.

—Claro —dijo la mujer.

Dieguito acarició al perro, y después lo abrazó. El perro lamió la cara de Dieguito y lo hizo reír. Deseó que Pinto fuera suyo. Pero sabía que la señora jamás se lo regalaría. Cuando quieres a un perro no lo regalas, porque un perro no es como un juguete o un guante o un bate de beisbol. Y así de repente se le ocurrió algo.

—Me tengo que ir —dijo Dieguito—. Ya me tengo que ir a la casa.

Little Diego ran into the kitchen where his mother and father were drinking coffee and eating *marranitos*. "I want a dog!" Diego yelled.

Gabriela heard him shouting all the way from her room. She ran into the kitchen and yelled. "No fair! I want a dog, too!"

"You're a girl. Girls shouldn't have dogs."

"Dad," Gabriela said. "I want a dog! Diego gets everything he wants. Remember the time he wanted a Superman suit? He threw it in the trash."

"It was supposed to make me fly," Diego whispered. "And, anyway, I took it out of the trash."

Diego hated to be reminded of that Superman suit. "Dad, I want a dog."

"No, Dad, it's me who should get a dog," Gabriela said.

Dieguito entró corriendo a la cocina donde su mamá y su papá estaban bebiendo café y comiendo marranitos. —¡Quiero un perro! —gritó Diego.

Gabriela escuchó su grito hasta su recámara. Ella corrió a la cocina y gritó: —¡No se vale, yo también quiero un perro!

—Tú eres una muchachita. Las muchachitas no deben tener perros.

—Papi —dijo Gabriela—. ¡Quiero un perro! A Diego le dan todo lo que pide. ¿Te acuerdas cuando quería un traje de Supermán? Lo tiró a la basura.

—Se supone que iba a poder volar —murmuró Diego—. Y de cualquier manera lo saque de la basura.

Odiaba que le recordaran ese traje de Supermán. —Papi, quiero un perro.

—No, papi, yo soy la que debería tener un perro —dijo Gabriela.

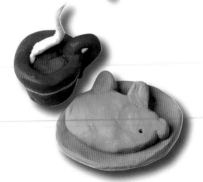

Mr. Domínguez looked at Mrs. Domínguez. Sometimes Diego thought that his mother and father said things to each other without using words. Mothers and fathers were like that.

"I have an idea," Mrs. Domínguez said. "You can have a dog. But you have to share it."

"I want it just for me," Gabriela said.

"No, just for me!" Diego said.

"Okay," Mr. Domínguez said. "Then we just won't get a dog."

Diego and Gabriela looked at each other. Sometimes they said things to each other without talking, too. "Okay, we'll share." *But it will be more mine,* Diego thought. *But it will be more mine,* Gabriela thought. Diego smiled at his sister. She smiled back at him.

"We'll share," they both said. "We promise." But they both were crossing their fingers behind their backs.

El Sr. Domínguez miró a la Sra. Domínguez. Algunas veces le parecía a Diego que su mamá y su papá podían hablar sin palabras. Así son las mamás y los papás.

—Tengo una idea —dijo la Sra. Domínguez—. Pueden tener un perro, pero tienen que compartirlo.

—Lo quiero solo para mí —dijo Gabriela.

—No, ¡para mí! —dijo Diego.

—Okey —dijo el Sr. Domínguez—. Entonces mejor nos quedamos sin perro.

Diego y Gabriela se miraron. A veces también ellos hablaban sin palabras. —Está bien, lo compartiremos.

"Pero será más mío que de ella", pensó Diego. "Pero será más mío", pensó Gabriela.

Diego le sonrió a su hermana. Ella le regresó su sonrisa.

—Compartiremos —dijeron—. Lo prometemos.

Pero los dos habían cruzado los dedos a sus espaldas.

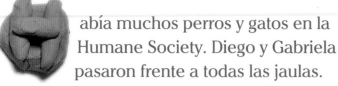

here were lots and lots of dogs and cats at the Humane Society. Diego and Gabriela walked passed all the cages. They looked sad, and Diego and Gabriela thought they were all saying, "Pick me! Pick me!"

"*Pobrecitos*," Gabriela said. "I feel sorry for them."

"Me too," Diego said. "Maybe Mom and Dad will let us take two."

Mrs. Domínguez shook her head. "Just one," she said.

"Where are the puppies?" Gabriela asked.

"Over there!" Diego yelled. "Look!"

"Oh, look at that one," Gabriela said, pointing to a white puppy with brown spots around its black eyes. "What a beautiful puppy," Gabriela said.

abía muchos perros y gatos en la Humane Society. Diego y Gabriela pasaron frente a todas las jaulas. Los perros se veían tristes, y Diego y Gabriela pensaron que todos decían: "¡Escógeme, escógeme"!

—Pobrecitos —dijo Gabriela—. Les tengo lastima.

—Yo también —dijo Diego—. A lo mejor papá y mamá nos dejarán llevarnos dos.

La Sra. Domínguez sacudió la cabeza. —Nomás uno —dijo.

—¿Dónde están los cachorros? —preguntó Gabriela.

—¡Allá! —gritó Diego—. ¡Mira!

—Ay, mira ése —dijo Gabriela, señalando un cachorrito blanco con manchas cafés alrededor de sus ojos negros—. Qué cachorro tan lindo.

A man who worked at the Humane Society opened the cage and took out the puppy and handed it to Gabriela. "Uh, oh. You're such a good doggy," she said as the white puppy licked her face.

"Let me hold it!" Little Diego shouted. Gabriela didn't want to let him, but she noticed the look on her mother's face. "Okay," she said. The puppy licked Little Diego's face, and he laughed and laughed. "I think I love this puppy," Diego said.

"I chose him!" Gabriela said.

He looked at his father. "Is it a boy or a girl?"

Mr. Domínguez took the puppy and held it up. "It's a girl," he said.

"A girl!" Gabriela said. "Yay! It's a girl dog!"

"A girl dog?" Diego said. His face fell. But he knew in his heart that the puppy Gabriela had picked had been waiting just for them.

Un hombre que trabajaba en la Humane Society abrió la jaula, sacó al cachorro y se lo dio a Gabriela.

—Uh, oh. Eres un cachorrito muy bueno —dijo Gabriela mientras el perrito le lamía la cara.

—¡Déjame cargarlo! —gritó Dieguito. Gabriela no quería dárselo, pero notó la mirada en la cara de su mamá.

—Okey —dijo.

El cachorrito lamió la cara de Dieguito y él reía y reía.

—Creo que quiero mucho a este perrito —dijo Diego.

—¡Yo lo escojí! —dijo Gabriela.

Diego miró a su papá. —¿Es niño o niña?

El Sr. Domínguez levantó al cachorro. —Es una niña —dijo.

—¡Una niña! —dijo Gabriela—. ¡Yey, es una perrita!

—¿Una perrita? —dijo Diego. Le decepcionó la noticia, pero sabía en el fondo de su corazón que el cachorro que había escogido Gabriela los estaba esperando a ellos y nadie mas.

As Diego and Gabriela sat with their new puppy in the back seat of the car, everyone tried to think of a good name for her.

"What about Espi?" Mrs. Domínguez said. "It's short for Esperanza."

"No. What about Choppy?" Mr. Domínguez said.

"Choppy?" Mrs. Domínguez shook her head.

"What about Hannah?" Gabriela asked.

"No," Mr. Domínguez said. "Not Hannah."

"What about Sofie?" Little Diego yelled.

"Yeah!" Gabriela said. "That's perfect!"

And so it was Gabriela who chose the perfect puppy. And it was Little Diego who chose the perfect name for the perfect puppy. Sofie.

Mientras Diego y Gabriela estaban sentados en el asiento trasero del carro con su nueva perrita, todos pensaban en su nombre.

—¿Qué tal Espi? —dijo la Sra. Domínguez—. Es una forma abreviada de Esperanza.

—No. ¿Qué tal Choppy? —dijo el Sr. Domínguez.

—¿Choppy? —la Sra. Domínguez sacudió la cabeza.

—¿Qué tal Hannah? —preguntó Gabriela.

—No —dijo el Sr. Domínguez—. Hannah no.

—¿Qué tal Sofie? —gritó Dieguito.

—¡Sí! —dijo Gabriela—. ¡Está perfecto!

Y así fue cómo Gabriela escogió la perrita perfecta. Y Dieguito escogió el nombre perfecto para la perrita perfecta. Sofie.

The first thing Diego and Gabriela did when they got home was to give Sofie a good bath. By the time they finished, Diego and Gabriela were soaking wet. After they'd dried Sofie with a towel, she walked into the living room and went to sleep on an old pillow. "Tonight, she gets to sleep with me," Gabriela said.

"No," Little Diego said. "With me."

"She gets to sleep with no one," Mr. Domínguez said. "We're going to let her sleep in a box with newspapers."

"That's mean," Little Diego said.

"No," Mr. Domínguez said, "it's not mean. That's how we housetrain her. So she'll learn not to use the bathroom in the house."

"How do you know about these things?" Diego asked.

"I used to have a dog. Didn't I tell you?"

Lo primero que hicieron Diego y Gabriela cuando llegaron a casa fue darle un buen baño a Sofie. Para cuando terminaron, Diego y Gabriela estaban bien mojados. Después que secaron a Sofie con una toalla, ella entró a la sala y se durmió sobre una almohada vieja.

—Esta noche va a dormir conmigo —dijo Gabriela.

—No, conmigo —dijo Dieguito.

—No va a dormir con nadie —dijo el Sr. Domínguez—. La vamos a dejar que duerma en una caja con periódicos.

—Eso es cruel —dijo Dieguito.

—No —dijo el Sr. Domínguez—, no es cruel. Así es como le vamos a enseñar a estar en la casa. Para que aprenda a no hacer del baño en la casa.

—¿Cómo sabes esas cosas? —preguntó Diego.

—Yo tenía un perro. ¿Nunca te lo he dicho?

raining the dog was more work than either Diego or Gabriela thought it would be. Sofie was smart, but like all puppies, she wanted to do things her way. Every time she squatted down or started sniffing the floor, Little Diego or Gabriela whisked Sofie outside so she'd understand that she wasn't allowed to use the bathroom in the house. Every night, when they put her to bed, Gabriela and Diego would pet Sofie until she went to sleep. Diego would check on her in the middle of the night. And so would Gabriela.

"I love Sofie," Little Diego said.

"I loved her first," Gabriela scolded. *My dog*, Gabriela thought. *My dog*, Diego thought. They fought over Sofie—but never in front of their mom and dad.

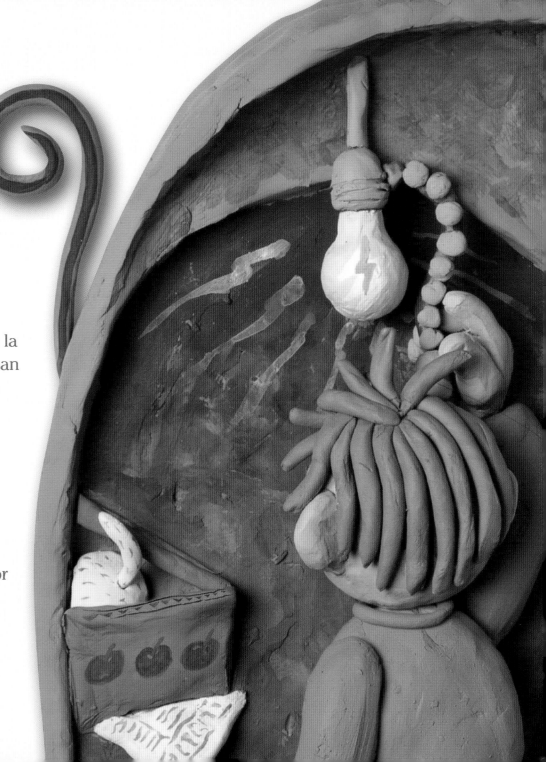

**E**ntrenar a la perra fue más trabajo de lo que Diego o Gabriela esperaban. Sofie era inteligente, pero como todos los cachorritos, le gustaba hacer las cosas a su manera. Cada vez que se agachaba o empezaba a olfatear el piso, Dieguito o Gabriela sacaban a Sofie de la casa para que entendiera que no debería hacer del baño en la casa. Cada noche, cuando la acostaban, Gabriela y Diego acariciaban a Sofie hasta que se dormía. Diego se asomaba a verla a medianoche. Y también Gabriela.

—Quiero mucho a Sofie —dijo Dieguito.

—Yo la quise primero —dijo Gabriela con coraje.

"Mi perrita", pensó Gabriela. "Mi perrita", pensó Diego. Se peleaban por Sofie; pero nunca delante de papá y mamá.

One Saturday morning, Diego and Gabriela decided to teach Sofie a trick. Mr. Domínguez was drinking coffee and reading the paper. Mrs. Domínguez was making fresh tortillas on the *comal*. Little Diego was trying to make Sofie sit. He would hold out a dog biscuit and say, "sit," then Gabriela would try to force her to sit. But Sofie wasn't interested in sitting.

"She just doesn't listen," Gabriela said.

"She's like you," Little Diego said.

"Don't be mean to your sister," Mrs. Domínguez said, as she added a hot tortilla to the stack on the table. Diego's mouth watered as he reached for the tortilla.

"Oh, Mama!" he said. "These are great!"

Un sábado en la mañana, Diego y Gabriela decidieron enseñarle a Sofie un truco. El Sr. Domínguez bebía café y leía el periódico. La Sra. Domínguez preparaba tortillas frescas en el comal. Dieguito quería que Sofie se sentara. Le mostraba una croqueta y le decía "sit", entonces Gabriela intentaba forzarla a que se sentara. Pero Sofie no estaba interesada en sentarse.

—No pone atención —dijo Gabriela.

—Se parece a ti —dijo Dieguito.

—No molestes a tu hermana —dijo la Sra. Domínguez, mientras agregaba una tortilla al montón que ya había puesto sobre la mesa. A Diego se le hizo agua la boca cuando tomó una tortilla.

—¡Ay, mamá, están riquísimas! —dijo Diego.

As Little Diego took another bite of his tortilla, he noticed that Sofie had moved close to him. She nuzzled his legs with her snout, then barked. Little Diego looked down at her.

"What, Sofie?"

Sofie barked again and wagged her tail.

"I think she wants a piece of your tortilla," Mr. Domínguez said.

Suddenly an idea popped into Little Diego's head. He tore off a piece of his tortilla and said, "Sit, Sofie, sit."

Sofie wagged her tail, looked at the piece of tortilla in Little Diego's hand, and sat.

"Good dog!" everyone in the Domínguez family yelled. "Good dog!" Then Diego fed Sofie a piece of tortilla. She ate it right up and stared back at Little Diego.

Cuando Dieguito le dio otra mordida a su tortilla, se dio cuenta que Sofie se acercó. Husmeó sus piernas con su nariz, luego ladró. Dieguito la observó.

—¿Qué pasa, Sofie?

Sofie volvió a ladrar y movió la cola.

—Creo que quiere un pedazo de tu tortilla —dijo el Sr. Domínguez.

De repente se le ocurrió algo a Dieguito. Arrancó un pedazo de su tortilla y dijo: —Sit, Sofie, sit.

Sofie movió la cola, miró el trozo de tortilla en la mano de Dieguito, y se sentó.

—¡Qué buena perrita! —gritó toda la familia Domínguez—. ¡Buena perrita!

Y Diego le dio a Sofie un trozo de tortilla. Se lo tragó en una mordida y volvió a mirar a Diego.

After that day, Diego and Gabriela trained Sofie how to stay, how to fetch, how to roll over, how to shake hands, and how to speak—and all with pieces of their mom's tortillas. Sofie would do anything for a piece of tortilla.

"Magic tortillas," Mr. Domínguez told Diego and Gabriela. "Your mother makes magic tortillas."

Everyone in the neighborhood found out about Sofie's love for tortillas. When Diego and Gabriela walked the dog, everyone would say, "Here comes Sofie, the dog who loves tortillas."

And they would pet her as she walked by.

Mr. Jimenez, who was an artist, made Sofie a dog tag in the shape of a tortilla. So Sofie became famous, and all the children of the neighborhood loved her because she was sweet and gentle and smart. But no one loved her as much as Diego and Gabriela.

Después de ese día, Diego y Gabriela le enseñaron a Sofie a quedarse quieta, a ir por algo, a dar volteretas, a saludar dando la mano y a hablar: todo con la ayuda de pedazos de tortillas de su mamá. Sofie hacía cualquier cosa por un trozo de tortilla.

—Tortillas mágicas —les dijo el Sr. Domínguez a Diego y a Gabriela—. Tu mamá hace tortillas mágicas.

Todos en el barrio se dieron cuenta que la Sofie le encantaban las tortillas. Cuando Diego y Gabriela caminaban a la perrita, todos decían: —Ahí viene Sofie, la perrita que le encantan las tortillas.

Y la acariciaban cuando pasaba.

El Sr. Jimenez, que era artista, hizo una medalla para Sofie en forma de tortilla para su collar. Así que Sofie se volvió famosa, y todos los niños del barrio la querían porque era dulce, cariñosa e inteligente. Pero nadie la quería tanto como Diego y Gabriela.

One morning, Sofie didn't get up from her bed. Diego tried to get her to wake up, but nothing he tried seemed to work. He offered her a piece of tortilla. Sofie just looked at it and made a little noise—almost like a grunt.

Little Diego ran to the kitchen where his family was gathered. "I think there's something's wrong with Sofie," Little Diego said. "She won't even eat a tortilla."

They all ran to Sofie's bed and looked helplessly at poor Sofie who was barely moving.

Mr. Domínguez felt her nose. "Her nose is dry and hot," he said. "It's supposed to be cold and wet. That means she's sick."

"Oh no," Little Diego cried. "What's going to happen to Sofie?"

"She'll be all right," Gabriela said, though by then tears were rolling down her face.

"I think we should take her to the veterinarian," Mrs. Domínguez said. "Dr. Gómez will know what to do."

Una mañana, Sofie no se levantó de su cama. Diego intentó despertarla pero sin resultados. Le ofreció un trozo de tortilla. Sofie sólo lo miró e hizo un pequeño ruido, casi como un gruñido.

Dieguito corrió a la cocina donde estaba reunida su familia. —Creo que algo malo le pasó a Sofie —dijo Dieguito—. Ni siquiera come tortilla.

Todos corrieron a la cama de Sofie y vieron con tristeza a la pobre Sofie que apenas se movía.

El Sr. Domínguez tocó su nariz. —Su nariz está seca y caliente —dijo—. Debería estar fría y húmeda. Quiere decir que está enferma.

—Oh no —se lamentó Dieguito—. ¿Qué va a pasar con Sofie?

—Va a estar bien —dijo Gabriela, aunque para entonces ya le caian lágrimas por las mejillas.

—Creo que deberíamos llevarla al veterinario —dijo la Sra. Domínguez—. El Dr. Gómez sabrá que hacer.

After Dr. Gomez examined her, he shook his head. He spoke to Mr. Domínguez in private, and, after what seemed like forever to Gabriela and Little Diego, Mrs. Domínguez came out with Sofie in her arms.

"Dr. Gómez gave her a shot," she said. "But she's just a puppy. And she's very sick."

Neither Gabriela nor Little Diego liked the look on their mother's face. They tried to be brave.

"Can we take her home?" Little Diego asked.

Mrs. Domínguez nodded. She placed Sofie between Gabriela and Little Diego in the back seat of the car. They stroked Sofie all the way home, and they didn't fight about whose dog Sofie was.

"Please get well," Little Diego cried. "Please, Sofie."

El Dr. Gómez sacudió la cabeza después de que la examinó. Habló en privado con el Sr. Domínguez, y después de un lapso que pareció eterno para Gabriela y Dieguito, la Sra. Domínguez salió con Sofie en sus brazos.

—El Dr. Gómez la inyectó —dijo—. Pero ella sólo es una cachorrita, y está muy enferma.

A Gabriela y Dieguito no les gustó la expresión en el rostro de su mamá. Intentaron ser valientes.

—¿La podemos llevar a casa? —preguntó Dieguito.

La Sra. Domínguez dijo que sí. Colocó a Sofie entre Gabriela y Dieguito en el asiento trasero del carro. Ellos acariciaron a Sofie todo el camino de regreso a casa, y no se pelearon sobre quién era su dueño.

—Por favor alíviate —lloró Dieguito—. Por favor, Sofie.

When they got home, Mr. Domínguez carried Sofie inside and placed her on her bed. "We'll just have to see if she gets better," he said. Little Diego sat down right in front of Sofie's bed and refused to move. "What if she dies?" he cried. "What if she dies?"

"She won't," Gabriela said, and she sat next to Diego and held him in her arms as he cried. "You'll see," she whispered softly. "She'll be fine."

Inside, though, Gabriela wasn't so sure.

That night, Gabriela and Little Diego slept next to Sofie. All night, Little Diego dreamed of Sofie and Gabriela and him playing in the park. And he was feeding Sofie his mom's fresh tortillas and they were all happy. In the morning, when he woke, he sat up and felt Sofie's nose.

"Oh no," he said, "her nose is still dry and warm."

Cuando llegaron a casa, el Sr. Domínguez cargó a Sofie y la llevó hasta su cama. —Veremos si mejora —dijo.

Dieguito se sentó al lado de la cama de Sofie, y se negó a moverse. —¿Qué tal si se muere? —dijo llorando—. ¿Qué tal si se muere?

—No se va a morir —dijo Gabriela, y se sentó juntó a Diego y lo abrazó mientras lloraba—. Vas a ver —murmuró con suavidad—. Va a estar bien.

No obstante, por dentro, Gabriela no estaba segura.

Esa noche, Gabriela y Dieguito durmieron junto a Sofie. Dieguito pasó toda la noche soñando que Sofie y Gabriela y él estaban jugando en el parque. Y él le estaba dando a Sofie las tortillas frescas de su mamá y todos estaban muy felices. En la mañana, cuando despertó, se sentó y sintió la nariz de Sofie.

—Oh no —dijo—, su nariz todavía está seca y tibia.

All day at school, Gabriela and Little Diego felt sad and couldn't even listen to anything their teachers had to say. When they were walking home from school, Little Diego began to cry.

"Don't cry," Gabriela whispered as she put her arm around her little brother. "Sofie's going to be just fine." But inside Gabriela was crying harder than Little Diego.

When they got home, Sofie was still lying on her pillow. She was breathing, but she wasn't moving. Neither of them ate dinner. They just sat and watched Sofie as she slept.

Todo el día en la escuela, Gabriela y Dieguito estaban muy tristes y ni siquiera podían escuchar lo que sus maestros les decían. Cuando regresaron caminando de la escuela a la casa, Dieguito empezó a llorar.

—No llores —murmuró Gabriela al mismo tiempo que ponía su brazo alrededor de su hermano—. Sofie estará bien.

Pero por dentro Sofie lloraba más que Dieguito.

Cuando llegaron a casa, Sofie todavía estaba sobre su almohada. Estaba respirando, pero no se movía. Ninguno de los dos cenó. Solo estaban sentados, mirando a Sofie dormir.

he next morning, Little Diego woke. He'd slept on the floor again, right next to Sofie. He reached over and petted Sofie, then felt her nose. "Oh, oh," he said to himself. "It's cold!" he yelled. "It's wet!"

At the sound of his voice, Sofie sat up and barked.

Gabriela jumped up, wide awake. "She's well! I knew she'd get well!"

Mr. and Mrs. Domínguez ran into the room and saw Diego and Gabriela hugging their Sofie. They gave each other one of their looks.

"Sofie got well!" Diego shouted. "Our dog got well."

"Yay!" Gabriela shouted. She looked at her brother and hugged him. "Our dog got well!"

ieguito despertó la siguiente mañana. Otra vez había dormido en el piso, junto a Sofie. Estiró el brazo y acarició a Sofie, luego tocó su nariz. —Oh, oh —se dijo—. ¡Está fría! —gritó—. ¡Está húmeda!

Con el sonido de su voz, Sofie se levantó y ladró.

Gabriela saltó, bien despierta. —¡Está bien, ya sabía que se iba aliviar!

El Sr. y la Sra. Domínguez corrieron a la habitación y vieron a Diego y Gabriela abrazando a Sofie. Se miraron uno al otro como acostumbraron hacerlo.

—¡Sofie está mejor! —gritó Diego—. Nuestra perrita está mejor.

—¡Yey! —gritó Gabriela. Miró a su hermano y lo abrazó—. ¡Nuestra perrita está mejor!

Sofie jumped up and licked Diego right on the lips. Everyone laughed and went into the kitchen to eat breakfast. "We've had two very long nights," Mrs. Domínguez said. As they sat down to eat a big breakfast at the table, Sofie jumped into Little Diego's lap, stole the tortilla out of his hand, then jumped down and ran out of the kitchen.

"Hey! Come back here, Sofie!" Little Diego yelled. He and Gabriela chased after Sofie.

Mr. Domínguez looked at Mrs. Domínguez. "I guess Sofie made a full recovery," he said.

"From now on," Mrs. Domínguez smiled, "we'd better learn to hold on to our tortillas."

Sofie saltó y lamió a Diego en los labios. Todos se rieron y luego fueron a la cocina para desayunar.

—Tuvimos dos noches muy largas —dijo la Sra. Domínguez. Mientras se sentaron a comer un gran desayuno, Sofie brincó sobre las piernas de Dieguito y le robó una tortilla de la mano, luego saltó y corrió fuera de la cocina.

—¡Hey! ¡Regrésate, Sofie! —gritó Dieguito. Gabriela y él corrieron detrás de la perrita.

El Sr. Domínguez miró a la Sra. Domínguez. —Parece que Sofie se recuperó por completo —dijo él.

—De ahora en adelante —sonrió la Sra. Domínguez—, más vale que cuidemos muy bien nuestras tortillas.

## Gabriela

I like dogs because you can train them to do exactly what you want them to do. When you train a dog, they'll listen to everything you say. I like dogs because they're sweet. They follow you around and love you. Dogs always want you to pet them because they want to be loved and even though they have bad breath, I still like it that they try to lick you. That's what I mean when I say that dogs are sweet. I wish boys were as sweet as dogs.

## Little Diego

I like dogs because they bark when they want to. I like they way they smell. I like the way they like to roll around in the dirt. But afterwards they lick themselves off. That's how they take a bath. My mom says I should take more baths. But boys are boys and dogs are dogs. Also, dogs don't have to go to school and they don't have to do any homework. And dogs don't have to learn how to spell. Dogs are allowed to sleep outside but boys aren't. Sometimes, I would like to be a dog.

*The Dog Who Loved Tortillas / La perrita que le encantaban las tortillas.* Copyright © 2009 by Benjamin Alire Sáenz. Illustrations copyright © 2009 by Geronimo Garcia. All rights reserved. No part of this book may be used or reproduced in any manner whatsoever without written consent from the publisher, except for brief quotations for reviews. For further information, write Cinco Puntos Press, 701 Texas, El Paso, TX 79901; or call 1-915-838-1625. Printed in Hong Kong.

FIRST EDITION 10 9 8 7 6 5 4 3 2 1 Library of Congress Cataloging-in-Publication Data

Saenz, Benjamin Alire. The dog who loved tortillas = La perrita que le encantaban las tortillas / by Benjamin Alire Saenz ; illustrated by Geronimo Garcia. — 1st ed. p. cm. Summary: When Gabriela and her brother Little Diego get a puppy named Sofie, they fight over who she belongs to, but when Sofie gets very sick they find the answer. ISBN 978-1-933693-66-8 (alk. paper) [1. Dogs—Fiction. 2. Animals—Infancy—Fiction. 3. Family life—Fiction. 4. Mexican Americans—Fiction. 5. Spanish language materials—Bilingual.] I. Garcia, Geronimo, 1960- ill. II. Title. III. Title: Perrita que le encantaban las tortillas. PZ73.S243 2009 [E]—dc22 2008056036

Thanks to Luis Humberto Crosthwaite for his Spanish translation, and to Chandler Thompson and all the guys in Las Cruces for their editing help.
Thanks to David Flores for photographing the illustrations, and as always, thanks to Geronimo, Sandra and Sunny for their good support.

**Book design by Geronimo Design of El Paso, Texas. Everything great is in El Paso!**